HIPPOLITE ET ARICIE,

TRAGÉDIE,

REPRÉSENTÉE,

POUR LA PREMIERE FOIS,

PAR L'ACADEMIE-ROYALE

DE MUSIQUE,

Le Jeudi premier Octobre 1733.

Reprise le Mardi 11 Septembre 1742.

Le Vendredi 25 Février 1757.

Et remise au Théâtre le Mardi 10 Mars 1767.

PRIX XXX. SOLS.

AUX DÉPENS DE L'ACADÉMIE.

A PARIS, Chés DE LORMEL, Imprimeur de ladite Académie, rue du Foin, à l'Image Sainte Genevieve.

On trouvera des Livres de Paroles à la Salle de l'Opera.

M. DCC. LXVII.

AVEC APPROBATION ET PRIVILEGE DU ROI.

Le Poeme est de PELLEGRIN.

La Musique de RAMEAU.

ACTEURS CHANTANTS DANS LES CHŒURS.

CÔTÉ DU ROI.		CÔTÉ DE LA REINE.	
Mesdemoiselles.	*Messieurs.*	*Mesdemoiselles.*	*Messieurs.*
Durand.	Chicot.	D'alliere.	L'écuyer.
Guillaume.	Vaudemont.	Salaville.	Albert.
La Croix.	Héri.	D'agée.	Tourcati.
Delor.	Cailteau.	Adélaïde.	Bourdon.
Barrage.	Lecoutre.	Duprat.	Desnoyers.
Delaistre.	Rose.	Lebourgeois.	Vatelin.
Héri.	Robin.	Jouette.	Feret.
Defontebles.	Antheaume.	Desrosieres.	Du Perrier.
Chenais.	Méon.	Lemaire.	Boi.
	Botson.		Laurent.
			Cavallier.

ACTEURS DE LA TRAGÉDIE.

ARICIE,	Mde. l'Arrivée.
PHEDRE,	Mlle. Dubois.
ŒNONE,	Mlle. Dupont.
LA GRANDE PRÊTRESSE de DIANE,	Mlle. Beaumesnil.
DIANE,	Mlle. Duplant.
HIPPOLITE,	M. Legros.
THÉSÉE,	M. Gélin.
THISIPHONE,	M. Durand.
LES PARQUES,	M. Cavallier. M. Durand. M. Cassaignade.
MERCURE,	M. Muguet.
PLUTON,	M. l'Arrivée.
UNE MATELOTTE,	Mlle. Dubrieulle.
UNE CHASSERESSE,	Mlle. Beaumesnil.

PRÊTRESSES DE DIANE.

DIVINITÉS INFERNALES.

MATELOTS & HABITANTS de TRÉZENE.

CHASSEURS & CHASSERESSES.

BERGERS & BERGERES.

La Scène est à Trézene, dans les Enfers & dans un Jardin délicieux, proche de la Forêt ARICIE.

PERSONNAGES DANSANTS.

ACTE PREMIER.

PRÊTRESSES DE DIANE.

Mlle. GUIMARD.

Mlles. GAUDOT, GRANDI.

Mlles. Demiré, Rei, Adélaïde, Dauvilliers, Lafont, Delfevre, David, Isoire, L'Huillier, Siane, Mimi, Patras.

ACTE SECOND.

ESPRITS INFERNEAUX.

M. LAVAL.

Mrs. ROGIER, LEGER.

Mrs. RIVIERE, GRANIER.

Mrs. Trupti, Lani, c., Despréaux, Gardel, c., Liesse, Giguet, Aubri, Lani, 2.

ACTE TROISIEME

MATELOTS ET MATELOTES.

M. DAUBERVAL, Mlle. ALLARD.

Mrs. MALTER, BEATE,

Mlles. VERNIER, LEROI.

Mrs. Cezeron, Dossion, Lebrun, Simonin, Larue, Legrand.

Mlles. Lahaie, Dauvilliers, Sidonie, Isoire, Hidoux, Saron.

ACTE QUATRIEME.

CHASSEURS ET CHASSERESSES.

M. LANI, Mlle. ALLARD.

M. DAUBERVAL, Mlle. PESLIN.

Mrs. Trupti, Lieſſe, Granier, Deſpréaux, Lani., c., Lani, 2., Aubri.

Mlles. Demiré, Delfevre, Gaudot, Dauvilliers, David, Patras, L'Huillier, Siane.

ACTE CINQUIEME.

BERGERS ET BERGERES.

M. GARDEL. Mlle. GUIMARD.

Mrs. ROGIER, LEGER, RIVIERE, GRANIER.

Mlles. GAUDOT, GRANDI, ADÉLAÏDE, LAFONT.

Mrs. Beate, Cezeron, Dubois, Doſſion, Gardel, c., Simonin.

Mlles. Lahaie, Vernier, Dauvilliers, Leroi, Sidonie, Laudeumier.

HIPPOLITE
ET
ARICIE,
TRAGÉDIE.

ACTE PREMIER.

Le Théâtre représente un temple consacré à DIANE : on y voit un autel.

SCENE PREMIERE.

ARICIE, en Chasseresse.

TEmple sacré, séjour tranquille,
Où Diane aujourd'hui doit recevoir mes vœux,
A mon cœur agité daigne servir d'asile
Contre un amour trop malheureux !

Et toi, dont, malgré-moi, je rappelle l'image,
Cher Prince, si mes vœux ne te sont pas offerts,
Du-moins, j'en apporte l'hommage
A la Déèsse que tu sers.

Temple sacré, séjour tranquille,
Où Dïane aujourd'hui doit recevoir mes vœux,
A mon cœur agité daigne servir d'asile,
Contre un amour trop malheureux!

SCENE II.

HIPPOLITE, ARICIE.

HIPPOLITE.

PRincesse, quels apprêts me frappent dans ce temple!

ARICIE.

Dïane préside en ces lieux;
Lui consacrer mes jours, c'est suivre votre exemple.

HIPPOLITE.

Non, vous les immolés, ces jours si précïeux.

ARICIE.

ARICIE.

J'exécute du Roi la volonté ſuprême ;
A Théſée, à ſon fils, ces jours ſont odïeux,

HIPPOLITE.

Moi, vous haïr ! o Ciel, quelle injuſtice extrême !

ARICIE.

Je ne ſuis point l'objet de votre inimitié ?

HIPPOLITE.

Je ſens pour vous une pitié
Auſſi tendre que l'amour même.

ARICIE.

Quoi ? le fier Hippolite...

HIPPOLITE.

Hélas !
Je n'en ai que trop dit ; je ne m'en repens pas,
Si vous aves daigné m'entendre :
Mon trouble, mes ſoûpirs, vos malheurs, vos appas,
Tout vous annonce un cœur trop ſenſible & trop tendre.

ARICIE.

Ah, que venes-vous de m'apprendre !
C'en eſt fait, pour-jamais, mon repos eſt perdu.

Peut-être votre indifférence
Tôt, ou tard, me l'auroit rendu ;
Mais votre amour m'en ôte l'eſpérance.
C'en eſt fait, pour-jamais, mon repos eſt perdu.

HIPPOLITE.

Qu'entends-je? quel tranſport de mon âme s'empare!

ARICIE.

Oublïés-vous qu'on nous ſépare?
Quel temple redoutable, & quel affreux lïen!
Hippolite amoureux m'occupera ſans-cèſſe ;
Même aux autels de la Déèſſe,
Je ſentirai mon cœur s'élancer vers le ſien :
Dïane & l'univers pour moi ne ſont plus rien.
Hippolite amoureux m'occupera ſans cèſſe ;
Je vivrai, pour pleurer ſon malheur & le mien.

HIPPOLITE.

Je vous affranchirai d'une loi ſi cruëlle.

ARICIE.

Phedre ſur ſa captive à des droits abſolus.
Que ſert de nous aimer? nous ne nous verrons plus.

HIPPOLITE.

O Dïane! protege une flâme ſi belle.

ENSEMBLE.

L'Amour n'offre à nos cœurs que d'innocents appas;
Nous brûlons des plus pures flâmes,
Tu ne le défends pas,
Non, non, tu ne le défends pas,
Quand c'est par la vertu qu'il regne sur nos âmes.

SCÈNE III.

HIPPOLITE, ARICIE, LA GRANDE-PRÊTRESSE DE DIANE; PRESTRESSES DE DIANE.

(ENTRÉE DE PRÊTRESSES.)

CHŒUR.

DAns ce paisible séjour,
Regne l'aimable innocence:
Les traits que lance l'Amour
Sur nous n'ont point de puissance;
Nous jouïssons à-jamais.
Des doux charmes de la paix.

(*On danse.*)

LA GRANDE-PRÊTRESSE.

Dieu d'Amour, pour nos aſiles
Tes tourments ne ſont pas faits :
Tous les cœurs y ſont tranquilles,
Tes efforts ſont inutiles ;
Non, non, tu n'en peux troubler la paix.
Tes allarmes
Ont des charmes
Pour qui manque de raiſon ;
Mais nos âmes
De tes flâmes
Reconnoiſſent le poiſon :
Va, fuis, perds l'eſpérance :
Va, fuis, loin de nos cœurs :
Contre notre indifférence
Tu n'as point de traits vainqueurs.

(On danſe.)

LA GRANDE-PRÊTRESSE,
alternativement avec le CŒUR.

De l'Amour fuyés les charmes,
Craignés juſqu'à ſes douceurs ;
De fleurs il couvre ſes armes,

Mais les larmes,
Les allarmes.
Sont le prix des tendres cœurs.

(*On danse.*)

LA GRANDE-PRÊTRESSE ET LE *CHŒUR.*

La paix & l'indifférence
Comblent ici nos desirs;
Les biens que l'Amour dispense
Coûtent toûjours des soûpirs;
Dans le sein de l'innocence
Nous trouvons les vrais plaisirs.

(*On danse.*)

SCÈNE IV.

PHEDRE, ŒNONE, GARDES;

ET LES ACTEURS DE LA SCÈNE PRÉCÉDENTE.

PHEDRE, à ARICIE.

PRinceſſe, ce grand jour, par des nœuds éternels,
Va vous unir aux Immortels.

ARICIE.

Je crains que le ciel ne condamne
L'hommage que j'apporte au pié des ſaints autels.
Quel cœur viens-je offrir à Dïane!

PHEDRE.

Quel diſcours!

ARICIE.

Sans remords, comment puis-je, en ces lieux,
Offrir un cœur que l'on opprime?

LE CHŒUR DES PRÊTRESSES.

Non, non, un cœur forcé n'eſt pas digne des Dieux;
Le ſacrifice en eſt un crime.

PHEDRE.

Quoi? l'on ôſe braver le ſuprême pouvoir!

LE CHŒUR.

Obéiſſés aux Dieux; c'eſt le premier devoir.

PHEDRE, à HIPPOLITE.

Prince, vous ſouffrés qu'on outrage
Et votre pere & votre roi!

HIPPOLITE, à PHEDRE.

Vous ſavés quel reſpect à Dïane m'engage;
Dès mes plus tendres ans je lui donnai ma foi.

PHEDRE.

Dieux! Théſée en ſon fils trouve un ſujet rebelle!

HIPPOLITE.

Je sais tout ce que je lui doi ;
Mais ne puis-je pour lui faire éclater mon zele
Qu'en outrageant une Immortelle ?

PHEDRE.

Laissés des détours superflus ;
La vertu, quelquefois, sert de prétexte au crime.

HIPPOLITE.

Quel crime ?

PHEDRE.

Je ne sais qui vous touche le plus,
De l'autel, ou de la victime.

HIPPOLITE.

Du-moins, par d'injustes rigueurs,
Je ne sais point forcer les cœurs.

PHEDRE.

Périsse la vaine puissance
Qui s'éleve contre les rois !
Tremblés ! redoutés ma vengeance ;
Et le temple & l'autel vont tomber à ma voix.
Tremblés ! j'ai su prévoir la désobéissance.
Périsse la vaine puissance
Qui s'éleve contre les rois !

(*Bruit de trompettes.*)

(*Des Guerriers entrent & vont brîser l'autel.*)

LA GRANDE PRÊTRESSE,

HIPPOLITE, ARICIE & le CHŒUR.

Dieux vengeurs, lancés le tonnerre :
Périssent les mortels qui vous livrent la guerre !

(Bruit de tonnerre.)

(DIANE descend des cieux sur des nuages.)

SCÈNE V.

DIANE & les Acteurs de la scène précédente.

DIANE, à ses PRÊTRESSES.

TRanquilles cœurs, qui vivés sous ma loi,
Ne vous allarmés pas d'un projet téméraire,
Vous voyés Jupiter se déclarer mon pere ;
Sa foudre vole devant moi.

(à PHEDRE.)

Toi, tremble, reine sacrilege !
Penses-tu m'honorer par d'injustes rigeurs ?
Apprends que Dïane protege
La liberté des cœurs.

(*à* ARICIE.)

Et toi, triste victime, à me suivre fidele,
Fais toûjours expirer les monstres sous tes traits.

(*à* HIPPOLITE *&* *à* ARICIE.)

On peut servir Dïane avec le même zele,
Dans son temple & dans les forêts:
Allés. Votre vertu m'est chere;
Et c'est au crime seul que je dois ma colere.

(*DIANE remonte aux Cieux; les* PRÊTRESSES *rentrent dans le Temple, & HIPPOLITE emmene ARICIE.*)

SCÈNE VI.

PHEDRE, *seule.*

QUoi, la terre & le ciel contre moi sont armés !
Ma rivale me brave, elle suit Hippolite !
Ah ! plus je vois leurs cœurs l'un pour l'autre enflâmés,
Plus mon jaloux transport s'irrite.

Que rien n'échappe à ma fureur ;
Immolons à la fois l'amant & la rivale.
Haîne, dépit, rage infernale,
Je vous abandonne mon cœur !

FIN DU PREMIER ACTE.

ACTE SECOND.

Le Théâtre représente l'entrée des Enfers.

SCENE PREMIERE.

THÉSÉE; TISIPHONE.

THÉSÉE.

LAisse-moi respirer, implacable Furie.

TISIPHONE.

Non, dans le séjour ténébreux
C'est envain qu'on gémit, c'est envain que l'on crie;
Et les plaintes des malheureux
Irritent notre barbarie.

THÉSÉE.

Dieux! n'est-ce pas assés des maux que j'ai soufferts?
J'ai vu Pirithoüs déchiré par Cerbere;

J'ai vu ce monſtre affreux trancher des jours ſi chers,
Sans daigner dans mon ſang aſſouvir ſa colere:
J'attendois la mort ſans effroi,
Et la mort fuyoit loin de moi.

TISIPHONE.

Eh! croyois-tu que de tes peines
Le moment de ta mort fut le dernier inſtant?
Pirithoüs gémit ſous d'éternelles chaînes;
Tremble! le même ſort t'attend.

THÉSÉE.

Ah! qu'avec lui je le partage
Ce ſort, que tu viens m'annoncer!
Rends-moi Pirithoüs, je me livre à ta rage;
Mais ſur lui, s'il ſe peut, ceſſe de l'exercer.

ENSEMBLE.

TISIPHONE. C'eſt peu pour moi d'une victime.
THÉSÉE. Contente-toi d'une victime.
TISIPHONE. Non rien n'appaiſe ma fureur.
THÉSÉE. Quoi? rien n'appaiſe ta fureur!
TISIPHONE. Je dois porter par tout le ravage & l'horreur,
THÉSÉE. Dois-tu porter plus loin le ravage & l'horreur,
TISIPHONE. Lorſque par-tout je vois le crime.
THÉSÉE. Quand ſur moi ſeul je prends le crime?

(*Le fond du théâtre s'ouvre: on y voit* PLUTON *ſur ſon trône; les trois* PARQUES *ſont à ſes piés.*)

SCÈNE II.

PLUTON, THÉSÉE, TISIPHONE; les trois PARQUES; DIVINITÉS INFERNALES.

THÉSÉE.

INexorable Roi de l'empire infernal,
Digne frere & digne rival
Du Dieu qui lance le tonnerre,
Est-ce donc pour venger tant de monstres divers,
Dont ce bras a purgé la terre,
Que l'on me livre en proie aux monstres des Enfers?

PLUTON.

Si tes exploits sont grands, vois quelle en est la gloire;
Ton nom sur le trépas remporte la victoire;
Comme nous, il est immortel:
Mais, d'une égale main, puisqu'il faut qu'on dispense
Et la peine & la récompense,
N'attends plus de Pluton qu'un tourment éternel.
D'un trop coupable ami, trop fidele complice,
Tu dois partager son supplice.

THÉSÉE.

Je consens à le partager;

L'amitié, qui nous joint, m'en fait un bien suprême.
Non, de Pirithoüs tu ne peux te venger,
Sans me punir moi-même.

Sous les drapeaux de Mars unis, par la valeur,
Je l'ai vu, sur mes pas, voler à la victoire:
Je dois partager son malheur,
Comme il a partagé mes périls & ma gloire.

PLUTON.

Mais cette gloire enfin falloit-il la ternir?
Parle: le crime même a-t-il dû vous unir?

THÉSÉE.

Le péril d'un ami si tendre
Aux Enfers, avec lui, m'a contraint à descendre
Est-ce là le forfait que tu prétends punir?

Pour prix d'un projet téméraire,
Ton malheureux rival éprouve ta colere;
Mais, trop fatal vengeur, dequoi me punis-tu?
Ah! si son amour est un crime,
L'amitié, qui pour lui m'anime,
N'est-elle pas une vertu?

PLUTON.

Eh bien, je remèts ma victime
Aux Juges souverains de l'empire des morts.
Va, sors; en attendant un arrêt légitime
Je t'abandonne à tes remords.

(*THÉSÉE sort, suivi de TISIPHONE.*)

SCÈNE III.

PLUTON, les trois PARQUES, DIVINITES INFERNALES.

PLUTON, descendu de son trône.

QU'à servir mon couroux tout l'Enfer se prépare :
Que l'Averne, que le Tenare,
Le Cocite, le Phlégeton,
Par ce qu'ils ont de plus barbare,
Vengent Proserpine & Pluton.

LE CHŒUR, Que l'Averne, *&c.*

(On danse.)

LE CHŒUR.

Pluton commande ;
Vengeons notre roi :
Pluton commande ;
Suivons sa loi.

Qu'ici l'on répande
Le trouble & l'effroi.
Ne tardons pas, les moments sont trop chers ;
Que cent gouffres ouverts
Aux regards soient offerts ;

Que tout tremble;
Dans les Enfers;
Qu'on y rassemble
Les feux & les fers.

(*On danse.*)

SCÈNE IV.

THÉSÉE, TISIPHONE;

LES ACTEURS DE LA SCÈNE PRÉCÉDENTE.

THÉSÉE.

DIeux! que d'infortunés gémissent dans ces lieux!
Un seul se dérobe à mes yeux;
Par mes cris redoublés vainement je l'appelle;
Mes cris ne sont point entendus.
Ah, montrés-moi Pirithoüs!
Craignés-vous qu'à l'aspect d'un ami si fidele,
Ses tourments ne soient suspendus?
Traîne-moi jusqu'à lui, trop barbare Euménide;
Viens; je prends ton flambeau pour guide.

TISIPHONE.

La mort, la seule mort a droit de vous unir.

THÉSÉE.

Mort propice, mort favorable,

Pour

Pour me rendre moins miſerable,
Commence donc à me punir!

LES PARQUES.

Du Deſtin le vouloir ſuprême
A mis entre nos mains la trame de tes jours;
Mais le fatal ciſeau n'en peut trancher le cours
Qu'au redoutable inſtant qu'il a marqué lui-même.

THESÉE.

Ah! qu'on daigne, du-moins, en m'ouvrant les Enfers,
Rendre un vengeur à l'univers.

Puiſque Pluton eſt infléxible,
Dieu des mers, c'eſt à toi qu'il me faut recourir;
Que ton fils dans ſon pere éprouve un cœur ſenſible!
Trois fois dans mes malheurs tu dois me ſecourir;
Le fleuve, aux Dieux-mêmes terrible,
Et qu'ils n'ôſent jamais atteſter vainement,
Le Styx a reçu ton ſerment:
Au premier de mes vœux tu viens d'être fidele;
Tu m'as ouvert l'affreux ſéjour,
Où regne une nuit éternelle;
Grand Dieu, daigne me rendre au jour!

LE CHŒUR.

Non, Neptune auroit beau t'entendre;
Les Enfers, malgré lui, ſauroient te retenir.

On peut aiſément y deſcendre,
Mais on ne peut en revenir.

(*Mercure deſcend des cieux.*)

SCÈNE V.

MERCURE;

ET LES ACTEURS DE LA SCÈNE PRÉCÉDENTE.

MERCURE, à Pluton.

NEptune vous demande grâce
Pour un fils trop audacïeux.

PLUTON.

N'a-t-il pas partagé ſon crime & ſon audace,
En ouvrant, ſous ſes pas, la route de ces lieux?
Non, non; je dois punir un mortel qui m'offenſe.

MERCURE.

Jupiter tient les cieux ſous ſon obéiſſance,
Neptune regne ſur les mers;
Pluton peut, à ſon gré, ſignaler ſa vengeance
Dans le noir ſéjour des enfers;
Mais le bonheur de l'univers
Dépend de votre intelligence

PLUTON.

C'en eſt fait, je me rends ; ſur mon juſte couroux
Le bien de l'univers l'emporte.
De l'infernale nuit que ce coupable ſorte ;
Peut-être ſon deſtin n'en ſera pas plus doux ?
Vous, qui de l'avenir percés la nuit profonde,
Qui tenés dans vos mains & la vie & la mort,
Vous, qui reglés le ſort du monde,
Parques, annoncés-lui ſon ſort.

LES TROIS PARQUES.

Quelle ſoudaine horreur ton deſtin nous inſpire !
Où cours-tu malheureux ? temble, frémis d'effroi !
Tu ſors de l'infernal empire,
Pour trouver les Enfers chés toi.

(PLUTON & toute ſa Cour ſe retirent.)

SCÈNE VI.

THESÉE, MERCURE.

THÉSÉE.

JE trouverois chés moi ces enfers que je quitte !
Ah ! je cede à l'horreur dont je me sens glacer....
Dieux, détournés les maux qu'on vient de m'annoncer ;
Et, sur-tout, prenés soin de Phedre & d'Hippolite.

MERCURE.

Il est tems de revoir la lumiere des cieux.

THÉSÉE.

Ciel ! cachons mon retour, & trompons tous les yeux.

FIN DU SECOND ACTE.

ACTE TROISIEME.

Le Théâtre représente, d'un côté, une partie du palais de THÉSÉE, *sur le rivage de la mer; de l'autre, des rochers: le fond est occupé par la mer.*

SCÈNE PREMIERE.

PHEDRE, *seule.*

CRuëlle mere des Amours,
Ta vengeance a perdu ma trop coupable race;
N'en suspendras-tu point le cours?
Ah! du-moins, à tes yeux que Phedre trouve grâce.
Je ne te reproche plus rien,
Si tu rends à mes vœux Hippolite sensible.
Mes feux me font horreur, mais mon crime est le tien;
Tu dois cèsser d'être inflexible.

Mais pourquoi tous ces vains remords !
Ah! si j'en crois Arcas, mon cœur peut tout prétendre,
Théſée a vu les ſombres bords.
L'Enfer, pour me punir, pourroit-il nous le rendre !...

SCENE II.

PHEDRE, HIPPOLITE, ŒNONE.

HIPPOLITE.

Reine, ſans l'ordre exprès, qui dans ces lieux m'appelle,
Quand le ciel vous ravit un époux gloriëux
Je reſpecterois trop votre douleur mortelle,
Pour vous montrer encor un objet odïeux.

PHEDRE.

Vous l'objet de ma haîne ? o ciel, quelle injuſtice !
Je dois diſſiper cette erreur.
Helas ! ſi vous croyés que Phedre vous haïſſe,
Que vous connoiſſés mal ſon cœur !

HIPPOLITE.

Qu'entends-je? à mes deſirs Phedre n'eſt plus contraire!
Ah, les plus tendres ſoins de votre auguſte époux
Dans mon cœur déſormais vont revivre pour vous!

PHEDRE.

Quoi, Prince....

HIPPOLITE.

A votre fils je tiendrai lieu de pere ;
J'affermirai ſon trône, & j'en donne ma foi.

PHEDRE.

Vous pourriés juſques-là vous attendrir pour moi?
C'en eſt trop ! & le trône & le fils & la mere,
Je range tout ſous votre loi.

HIPPOLITE.

Non ; dans l'art de regner je l'inſtruirai moi-même ;
Je cede, ſans regret, la ſuprême grandeur.
Aricie eſt tout ce que j'aime ;
Et ſi je veux regner, ce n'eſt que dans ſon cœur.

PHEDRE.

(*à* Hippolite.) (*à part.*)

Que dites-vous ?... O ciel, quelle étoit mon erreur !

(*à* Hippolite.)

Malgré mon trône offert, vous aimés Aricie !

HIPPOLITE.

Quoi ! votre haîne encor n'eſt donc pas adoucie

PHEDRE.

Tu viens d'en redoubler l'horreur....:
Puis-je trop haïr ma rivale ?

HIPPOLITE.

Votre rivale ? je frémis !
Théſée eſt votre époux, & vous aimés ſon fils !
Ah ! je me ſens glacé d'une horreur ſans égale.
Terribles ennemis des perfides humains,
Dieux, ſi promts autrefois à les réduire en poudre;
Qu'attendés-vous ? lancés la foudre !
Qui la retient entre vos mains ?

PHEDRE.

Ah ! cèſſe par tes vœux d'allumer le tonnerre.
Éclate, éveille-toi, ſors d'un honteux repos ;
Rends-toi digne fils d'un héros,
Qui de monſtres ſans nombre a délivré la terre ;
Il n'en eſt échappé qu'un ſeul à ſa fureur ;
Frappe ! ce monſtre eſt dans mon cœur.

HIPPOLITE.

Grands Dieux !

PHEDRE.

Tu balances encore?
Étouffe dans mon ſang un amour que j'abhorre.

Je

Je ne puis obtenir ce funeste secours !
Cruël ! quelle rigueur extrême ?
Tu me haïs, autant que je t'aime !
Mais, pour trancher mes tristes jours,
Je n'ai besoin que de moi-même.

*(Elle prend l'epée d'*HIPPOLITE*.)*

HIPPOLITE, en lui arrachant l'épée.

Que faites-vous ?

PHEDRE.

Tu m'arraches ce fer ?

*(*THÉSÉE *paroît.)*

SCÈNE III.

THÉSÉE ; & les ACTEURS de la ſcène précédente.

THESÉE.

QUe vois-je ? quel affreux ſpectacle !

HIPPOLITE.

Mon pere !

PHEDRE.

Mon époux !

THESÉE, à part.

O trop fatal oracle !
Je trouve les malheurs que m'a prédits l'Enfer.
(*à* PHEDRE.)
Reine, dévoilés-moi ce funeſte miſtere.

PHEDRE, à THÉSÉE.

N'approchés point de moi ; l'amour eſt outragé,
Que l'amour ſoit vengé.

SCÈNE IV.

THÉSÉE, HIPPOLITE, ŒNONE.

THESÉE, à HIPPOLITE.

SUr qui doit tomber ma colere ?
Parlés, mon fils, parlés ; nommés le criminel.

HIPPOLITE.

(*à* Thésée.) (*à part.*)

Seigneur... Dieux! que vais-je lui dire?

(*à* Thésée.)

Permettés que je me retire;

Ou plûtôt, que j'obtienne un éxil éternel.

(Hippolite *sort.*)

SCÈNE V.

THÉSÉE, ŒNONE.

THÉSÉE, *à part.*

Quoi? tout me fuit! tout m'abandonne! (*à* Œnone.)

Mon épouse mon fils! Ciel!.. Demeurés, Œnone.

C'est à vous seule à m'éclairer.

Sur la trahison la plus noire.

ŒNONE.

(*à part.*)

Ah! sauvons de la reine & les jours & la gloire.

(*à* Thésée.)

Un désespoir affreux.. pouvés-vous l'ignorer?

Vous n'en avés été qu'un témoin trop fidele.

Je n'ôſe accuſer votre fils ;
Mais, la Reine... Seigneur, ce fer, armé contr'elle,
Ne vous en a que trop appris.

THESÉE.

Dieux !.. Acheve.

ŒNONE.

Un amour funeſte....

THÉSÉE.

C'en eſt aſſés ; épargne-moi le reſte.

SCÈNE VI.

THÉSÉE, ſeul.

QU'ai-je appris ? tous mes ſens en ſont glacés d'horreur.
Vengeons-nous !.. quel projet ?.. je frémis, quand j'y penſe :
Qu'il en va coûter à mon cœur !..
A punir un ingrat d'où vient que je balance ?
Quoi ? ce ſang, qu'il trahit, me parle en ſa faveur !..
Non, non, dans un fils ſi coupable,
Je ne vois qu'un monſtre effroyable :
Qu'il ne trouve en moi qu'un vengeur.

Puiſſant maître des flôts, favorable Neptune
Entends ma gémiſſante voix ;
Permèts que ton fils t'importune,
Pour la derniere fois.
Hippolite m'a fait le plus ſanglant outrage,
Remplis le ſerment qui t'engage ;
Préviens, par ſon trépas, un déſeſpoir affreux !
Ah ! ſi tu refuſois de venger mon injure,
Je ſerois parricide, & tu ſerois parjure ;
Nous ſerions coupables tous deux.

(*La mer s'agite.*)

Mais de courroux l'onde s'agite.
Tremble ! tu vas périr, trop coupable Hippolite.
Le ſang a beau crïer, je n'entends plus ſa voix.
Tout s'apprête à punir une offenſe mortelle ;
Neptune me ſera fidele :
C'eſt aux dieux à venger les rois.

(*Des Matelots paroîſſent.*)

On vient de mon retour rendre grâce à Neptune,
Et je voudrois encor être dans les Enfers.
Fuyons une foule importune :
Ne puis-je diſparoître aux yeux de l'univers ?

SCENE VII.

PEUPLES ET MATELOTS.

LE CHŒUR.

Que ce rivage retentiſſe
De la gloire du Dieu des flôts:
Qu'à ſes bienfaits tout applaudiſſe;
Il rend à l'univers le plus grand des héros.
Que ce rivage retentiſſe
De la gloire du Dieu des flôts.

(*On danſe.*)

UNE MATELOTE.

L'Amour, comme Neptune,
Invite à s'embarquer;
Pour tenter la fortune
On ôſe tout riſquer.
Malgré tant de naufrages,
On ne voit que matelôts;
On quitte le repos;
On vole ſur les flôts;
On affronte les orages;
L'Amour ne dort
Que dans le port.

(*On danſe.*)

FIN DU TROISIEME ACTE.

ACTE QUATRIEME.

Le Théâtre repréſente, des deux côtés, un bois, conſacré à Diane; *le fond eſt occupé par la mer.*

SCÈNE PREMIERE.

HIPPOLITE, ſeul.

Ah, faut-il, en un jour, perdre tout ce que j'aime!
Mon pere, pour-jamais, me bannit de ces lieux,
Si chéris de Diane même;
Je ne verrai plus les beaux yeux
Qui faiſoient mon bonheur ſuprême:
Ah, faut-il, en un jour, perdre tout ce que j'aime!
Et les maux que je crains, & les biens que je perds,
Tout accâble mon cœur d'une douleur extrême!
Sous le nüage affreux dont mes jours ſont couverts,
Que deviendra ma gloire aux yeux de l'univers?
Ah, faut-il, en un jour, perdre tout ce que j'aime!

SCÊNE II.

HIPPOLITE, ARICIE.

ARICIE.

C'En eſt donc fait, cruël ! rien n'arrête vos pas?
Vous déſeſpérés votre amante.

HIPPOLITE.

Helas! plus je vous vois, plus ma douleur augmente;
Je ſens mieux tous mes maux, quand je vois tant d'appas.

ARICIE.

Quoi, l'inimitié de la Reine
Vous fait-elle quitter l'objet de votre amour?

HIPPOLITE.

Non, je ne fuirois pas de cet heureux ſéjour,
Si je n'y craignois que ſa haîne.

ARICIE.

Que dites-vous?..

HIPPOLITE.

Gardés d'ôſer porter les yeux
Sur le plus horrible miſtere!
Le reſpect me force à me taire;
J'offenſerois le Roi, Diane & tous les Dieux.

Ah!

ARICIE.

Ah! c'eſt m'en dire aſſés. O crime !
Mon cœur en eſt glacé d'épouvante & d'horreur.
Cependant vous partés, & de Phedre en fureur
Je vais devenir la victime.
(*à part.*)
Dieux, pourquoi ſéparer deux cœurs
Que l'Amour a faits l'un pour l'autre ?
(*à* HIPPOLITE.)
Eh! quelle autre main que la vôtre,
Si vous m'abandonnés, peut eſſuyer mes pleurs ?
(*à part.*)
Dieux, pourquoi ſéparer deux cœurs
Que l'Amour a faits l'un pour l'autre ?

HIPPOLITE.

Hé bien, daignés me ſuivre.

ARICIE.

O ciel! que dites-vous ?
Moi, vous ſuivre!

HIPPOLITE.

Ceſſés de croire
Que je puiſſe oublïer le ſoin de votre gloire;

En ſuivant votre amant, vous ſuivrés votre époux....

ARICE.

Ah ! Dïane eſt inéxorable
Pour l'amour & pour les amants.

HIPPOLITE.

A d'innocents deſirs Dïane eſt favorable ;
Qu'elle préſide à nos ſerments.

ENSEMBLE.

Viens, Reine des forêts, viens former notre chaîne ;
Nous allons nous jurer une immortelle foi :
Que l'encens de nos vœux s'éleve juſqu'à toi,
Sois toûjours de nos cœurs l'unique ſouveraine.

(*On entend un bruit de Cors.*)

HIPPOLITE.

Le ſort conduit ici ſes ſujèts fortunés ;
Uniſſons-nous aux jeux qui lui ſont deſtinés.

SCÈNE III.

HIPPOLITE, ARICIE,

CHASSEURS & CHASSERESSES.

LE CHŒUR.

ANimons-nous à la victoire;
Fesons par-tout voler nos traits:
Que les antres les plus secrèts
Retentissent de notre gloire:
Fesons par-tout voler nos traits.

(*On danse.*)

UNE CHASSERESSE.

Amants, qu'elle est votre foiblesse?
Voyés l'Amour, sans vous allarmer;
Ces mêmes traits dont il vous blesse,
Contre nos cœurs n'ôsent plus s'armer.

Malgré ses charmes
Les plus doux,
Bravés ses armes,
Faites comme nous;
Osés, sans allarmes,
Attendre ses coups;
Si vous combattés, la victoire est à vous.

Amants, quelle eſt votre foibleſſe?
Voyés l'Amour, ſans vous allarmer;
Ces mêmes traits dont il vous bleſſe,
Contre nos cœurs n'ôſent plus s'armer.
Vous vous plaignés qu'il a des rigueurs,
Et vous aimés tous les traits qu'il vous lance!
C'eſt vous qui les rendés vainqueurs;
Pourquoi ſans défenſe
Livrer vos cœurs?
Amants, &c.

(On danſe.)

UNE *CHASSERESSE.*

A la chaſſe, à la chaſſe;
Armés-vous.

LE *CHŒUR.*

Courons tous à la chaſſe;
Armons-nous.

UNE *CHASSERESSE.*

Dieu des cœurs, cédés la place;
Non, non, ne régnés jamais.
Que Dïane préſide;
Que Dïane nous guide,
Dans le fond des forêts;
Sous ſes loix nous vivons en paix.
A la chaſſe, &c. *(On danſe.)*

UNE CHASSERESSE.

Nos asiles
Sont tranquilles,
Non, non, rien n'a plus d'attraits:
Les plaisirs sont parfaits,
Aucun soin n'embarasse,
On y rit des Amours,
On y passe les plus beaux jours.
A la chasse, *&c.*

(*La mer s'agite; on en voit sortir un monstre horrible.*)

LE CHŒUR.

Quel bruit! quels vents! O ciel! quelle montagne humide!
Quel monstre elle enfante à nos yeux?
O Diane, accourés; volés du haut des cieux!

HIPPOLITE, *s'avançant vers le monstre.*

Venés; qu'à son défaut, je vous serve de guide.

ARICIE.

Arrête!... Il fuit... O sort affreux!
Diane-même l'abandonne!

(*Une vapeur enflâmée environne* HIPPOLITE, *& le dérobe aux yeux.*)

LE CHŒUR.

Dieux! quelle flâme l'environne!

ARICIE.

Quels nüages épais!.. Tout se dissipe... hélas!
Hippolite ne paroît pas.
Je meurs.

(*ARICIE tombe évanouie & on l'emmene.*)

LE CHŒUR.

O disgrace cruëlle!
Hippolite n'est plus.

SCÈNE VI.

PHEDRE, CHASSEURS & CHASSERESSES.

PHEDRE.

QUelle plainte en ces lieux m'appelle !

LE CHŒUR.

Hippolite n'eſt plus.

PHEDRE.

Il n'eſt plus ! o douleur mortelle !

LE CHŒUR.

O regrèts ſuperflus !

PHEDRE.

Quel ſort l'a fait tomber dans la nuit éternelle ?

LE CHŒUR.

Un monſtre furïeux, ſorti du ſein des flôts,
Vient de nous ravir ce héros.

PHEDRE.

Non, ſa mort eſt mon ſeul ouvrage ;
Dans les Enfers c'eſt par moi qu'il deſcend ;
Neptune de Théſée a cru venger l'outrage ;
J'ai verſé le ſang innocent !

Qu'ai-je fait ? quels remords ! . . Ciel ! j'entends le tonnerre !
Quel bruit ! quels terribels éclats ?
Fuyons... où me cacher ? . . je ſens trembler la terre ;
Les Enfers s'ouvrent ſous mes pas.
Tous les Dieux, conjurés pour me livrer la guerre,
Arment leurs redoutables bras,
Dieux cruëls, vengeurs implacables,
Suſpendés un courroux qui me glace d'effroi !
Ah, ſi vous êtes équitables,
Ne tonnés pas encor ſur moi.
La gloire d'un héros, que l'impoſture opprime,
Vous demande un juſte ſecours ;
Laiſſés-moi révéler à l'auteur de ſes jours,
Et ſon innocence & mon crime.

LE CHŒUR.

O remords ſuperflus !
Hippolite n'eſt plus.

FIN DU QUATRIEME ACTE.

ACTE

ACTE CINQUIEME.

Le Théâtre repréſente un jardin délicieux. ARICIE *y paroît, couchée ſur un lit de verdure.*

SCÈNE PREMIERE.

ARICIE, *ſeule.*

OÚ ſuis-je ? de mes ſens j'ai recouvré l'uſage !
Dieux, ne me l'avés vous rendu,
Que pour me retracer l'image
Du tendre amant que j'ai perdu !
(La clarté redouble.)
Quels doux concerts ? quel nouveau jour m'éclaire ?
Non, non ; ces ſons harmonïeux,
Ce Soleil, qui brille à mes yeux,
Sans Hippolite, helas ! rien ne me ſauroit plaire.

Mes yeux, vous n'êtes plus ouverts
Que pour verser des larmes.
Envain d'aimables sons font retentir les airs;
Je n'ai que des soûpirs, pour répondre aux concerts
Dont ces lieux enchantés viennent m'offrir les charmes.
Mes yeux, vous n'êtes plus ouverts
Que pour verser des larmes.

(*Diane descend des cieux.*)

SCÊNE II.

DIANE, ARICIE, BERGERS, & BERGERES.

LE CHŒUR.

DEscendés, brillante Immortelle;
Regnés, à-jamais, dans nos bois.

ARICIE.

Joignons nous aux voix
De cette troupe fidele.
Descendés, brillante Immortelle.

ARICIE, *& le* *CHŒUR*. Regnés, &c.

DIANE, *aux* BERGERS.

Que j'aime à me voir parmi vous,
Peuples, toûjours soûmis à mon obéissance!
Je fais mes plaisirs les plus doux
De regner sur des cœurs où regne l'innocence.
Pour dispenser mes loix, dans cet heureux séjour,
J'ai fait choix d'un héros, qui me chérit, que j'aime;
Célébrés cet auguste jour:
Que pour ce nouveau maître, ainsi que pour moi-même,
Les plus beaux jeux soient préparés:
(*à* ARICIE.)
Allés en prendre soin. Vous, Nimphe, demeurés.

SCÊNE III.

DIANE, ARICIE.

DIANE.

ET vous, troupe à ma voix fidele,
Doux Zéphirs, volés en ces lieux:
Il est tems d'apporter le dépôt precïeux
Que j'ai commis à votre zele.
(*Les* ZÉPHIRS *amênent* HIPPOLITE *dans un nuage.*)

SCÈNE IV.

DIANE, HIPPOLITE, ARICIE.

HIPPOLITE ET ARICIE.

HIPPOLITE. ARicie, est-ce vous que je voi ?
ARICIE. Hippolite, est-ce vous que je voi ?
Que mon sort est digne d'envie !
Le moment qui vous rend à moi,
Est le plus heureux de ma vie.

DIANE.

Tendres amants, vos malheurs sont finis ;
Pour votre himen tout se prépare :
Ne craignés plus qu'on vous sépare,
C'est moi qui vous unis.

(*Bruit de musetes.*)

DIANE

Les habitants de ces retraites
Ont préparé pour vous les plus aimables jeux ;
Et déja leurs douces musetes
Annoncent le moment heureux,
Où vous allés régner sur eux.

SCÈNE V.

DIANE, HIPPOLITE, HABITANTS de la Forêt ARICIE.

(ENTRÉE DE BERGERS.)

LE CHŒUR.

CHantons, ſur la muſete,
Chantons.
Au ſon qu'elle répete,
Danſons.
Que l'Echo fidele
Rende nos chanſons.
Chantons, *&c.*
Bergere trop cruëlle,
Goûtés les tendres leçons.
Chantons, ſur la muſete,
Chantons, *&c.*

(*On danſe.*)

HIPPOLITE.

La jeune beauté qui m'enflâme
Fait trïompher l'Amour, par ſes divins appas.
Il brille dans ſes yeux, il vole ſur ſes pas
Que ſans-cëſſe il regne en ſon âme.

Un seul de ses regards m'enchaîna sous sa loi:
Mais s'il n'est point de Nimphe aussi charmante qu'elle,
On ne verra jamais un amant plus fidele,
Ni plus tendre que moi.

La jeune beauté qui m'enflâme, *&c.*

(On danse.)

ARICIE.

Rossignols amoureux, répondés à nos voix;
Par la douceur de vos ramages,
Rendés les plus tendres hommages
A la Divinité qui regne dans nos bois.

(Un ballet général termine l'Opera.)

FIN.

APPROBATION.

J'Ai lu, par ordre de Monseigneur le Vice-Chancelier, cette nouvelle Édition d'*Hippolite* & *Aricie*, tragédie, dont l'impression ne peut être qu'approuvée. A Paris ce 27 Janvier 1767.

DEMONCRIF.

www.ingramcontent.com/pod-product-compliance
Lightning Source LLC
LaVergne TN
LVHW050436160826
845677LV00002BA/732

* 9 7 8 2 3 2 9 6 6 6 7 1 6 *